나는 순희 공주

발 행 | 2020년 12월 09일
저 자 | 신희
펴낸이 | 한건희
펴낸곳 | 주식회사 부크크
출판사등록 | 2014.07.15(제2014-16호)
주 소 | 서울특별시 금천구 가산디지털1로 119 SK트윈타워 Aehd 305호
전 화 | 1670-8316
이메일 | info@bookk.co.kr

ISBN | 979-11-372-2671-5

www.bookk.co.kr

# 나는
# 순희 공주

글 그림 신희

아주 머나먼 곳에는 커다란 왕국이 있대.

그곳에는 큰 성이 있어.
왜 아무도 없는 곳에 성이 있을까?

사실 이 왕국은 오랜 전통을 지니고 있어.

왕과 왕비도 당연히 있지.

두 사람 사이에는 공주도 있어.

공주가 태어나 한 살이 될 무렵 예언가가 말했어.

"훗날 어느 한 남자가 나타나 공주를 아무도
모르는 곳으로 데려갈 것이다!"

그래서 왕과 왕비는 누구도 쉽게 오지 못하는 곳에 성을 만들었어.

두 사람의 걱정과 달리 공주는 무럭무럭 잘 자랐어.

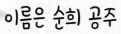 이름은 순희 공주

어때?

우리 순희 공주 멋지지?

"아 아까 밥을 두 공기만 먹을걸 세 공기를 먹었더니
배가 너무 부르네."

하루는 점심을 먹고 너무 배가 불러 공주는 혼자 산책하러 나갔어.

조심해요 공주님!
숲을 구경하다 앞에 돌이 있는지 몰랐나 봐!
공주는 넘어져 쓰러지고 말았어.

공주님! 공주님? 일어나 보세요!
어떡하지?

이대로라면 집에 돌아갈 수도 없고,
엄마, 아빠가 기다리실 텐데...

그렇게 시간이 흐르는데
나뭇잎 하나가 구름 앞으로 휙!

구름이 재채기를 해버렸어.
에취!!!

재채기 소리가 어찌나 큰지 공주가 눈을 떴네.

'어? 여긴 어디지? 이런 넘어져 잠시 기절을 했나 봐.'

'엄마,아빠가 걱정하시겠어. 얼른 돌아가자!
괜찮아, 왔던 길을 잘 기억해내 가보는 거야!'
돌아갈 길이 살짝 겁이 났지만, 공주는 용기를 내어 걸어갔어.

"도와주시오! 누구 없소?"
어디서 누군가의 목소리가 들렸어.
공주는 소리가 나는 곳으로 달려갔어.

그곳에는.....

나무 위 그물에 걸려 잡힌 남자가 있었어.

"나는 저 이웃 나라의 왕자입니다, 우리 숲 근처에 누군가가 들어왔다
제보가 있어 직접 가는 도중 사냥꾼의 그물에 걸려 묶이고 말았습니다."

"제가 도와드릴게요. 잠시만요."

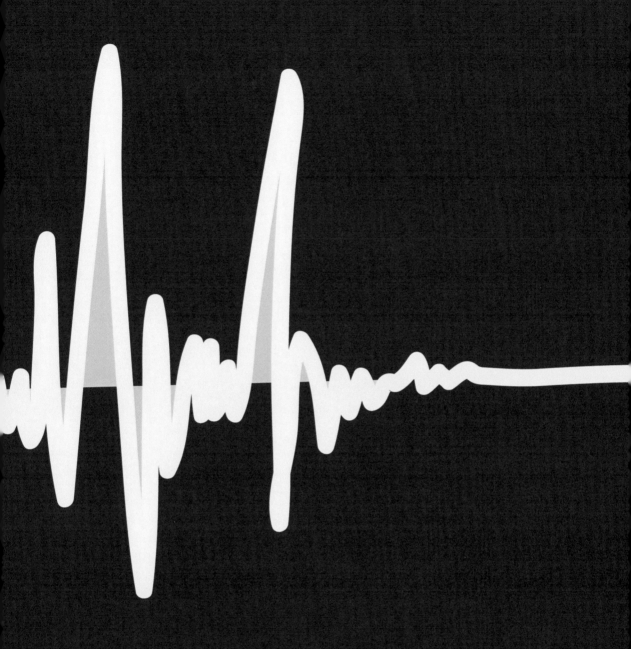

공주는 좋은 생각이 떠올랐어.

공주는 움직이기 편하게 치마 밑에 달린 레이스를 찢고 있잖아!

어머나!

무엇을 하려는 걸까?

공주는 거침없이 나무를 타기 시작했어.
능숙하게 나무를 타고 올라가 그물을 풀어 주었어.

"고맙습니다."
"별말씀을요. 저는 순희 공주입니다. 산책을 하다
제가 왕자님의 숲속까지 들어와 버렸습니다.
돌아갈 길을 잃었는데 길을 좀 알려주시겠어요?"

'혹시 이 사람이 엄마가 예전부터 말씀해주시던
그 예언 속 그 남자인가?'
공주는 단번에 왕자가 예언 속 남자임을 알 수 있었지.

둘은 숲길을 걸으며 이야기도 하고 꽃도 구경했어.
그리고 공주는 예언 이야기도 꺼냈어.

둘은 이야기가 잘 통했지. 하지만 한편으론 공주는 엄마,
아빠, 그리고 친구들이 보고 싶었어.

"자 다 도착했어요. 오른쪽은 공주님의 나라, 왼쪽은 나의 나라입니다 ."
왕자가 공주의 손등에 뽀뽀해주었어.
공주는 떨리거나 심장이 콩콩하지 않았어.
왕자도 얼른 집에 돌아가고 싶어 하는 눈치였어.


"왕자님, 당신의 도움으로 집으로 가게 되어 정말
고마워요. 그리고 오는 내내 즐거웠어요. 하지만 돌아오는 동안
그 예언이 진짜가 아닐 수도 있다는 생각이 들어요.
즐겁지만 나의 소중한 것들을 포기할 만큼은 아닌 거 같아요."

"순희 공주님, 나 또한 당신의 도움으로 풀려날 수 있었고
그렇기에 당신이 집에 갈 수 있도록 베풀 수 있었어요.
당신은 충분히 매력적이에요. 하지만 우리가 하루 만에 사랑에
빠진다는 것은 조금은 힘들 거 같아요.
다음에 만날 기회가 생긴다면 또 ....."

두 사람은 인사를 하고
왕자는 왼쪽, 공주는 오른쪽으로 걸어갔어.

"아빠, 엄마, 친구들이 너무 보고싶어!"
한 걸음 한 걸음 공주는 점점 걸음이 빨라졌어.

# 엄마 아빠!

휴, 공주가 무사히 집으로 돌아갔어.

다행이다.

공주는 엄마 아빠와 행복하게 살았대.

그리고 훌륭한 여왕이 되었을 거야.

훗날 왕자를 다시 만났을까?

그건 모르지~

-끝-